¡BRUMM, BRUMM!

Poemas acerca de cosas con ruedas

Lee Aucoin, *Directora creativa*
Jamey Acosta, *Editora principal*
Heidi Fiedler, *Editora*
Producido y diseñado por
Denise Ryan & Associates
Ilustraciones © Paul Nicholls
Rachelle Cracchiolo, *Editora comer*

Escritos por
...netti

...or
...lls

Teacher Created Materials
5301 Oceanus Drive
Huntington Beach, CA 92649-103
http://www.tcmpub.com
ISBN: 978-1-4807-4026-6
© 2015 Teacher Created Materials

D1173410

Fountaindale Public Library
Bolingbrook, IL
(630) 759-2102

Índice

El camión de bomberos

—¡Qué veloz es el camión
de bomberos!
¡Los bomberos son siempre
los primeros!

El camión vuela por las avenidas

para apagar el fuego y salvar vidas

—eso fue lo que dijo Viviana Vera

poniéndose a salvo sobre la acera.

¡El monstruo viajero!

Cuentan que un monstruo viajero
recorría en tren
el mundo entero.
Viajaba a su manera,
con su larga lengua afuera,
¡y no se le caía
su sombrero!

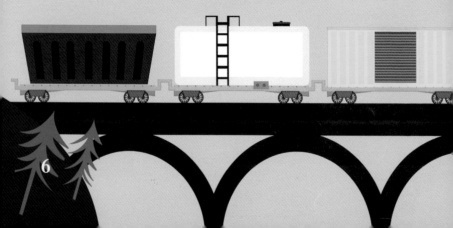

7

Chu-chu-a

Chu-chu-a,
el tren viene y va.
Chu-chu-a,
¡míralo, aquí está!
Chu-chu-a,
chu-chu-a,
chu-chu-a,
¿quién lo guiará?

Chu-chu-a,
¿adónde irá?
Chu-chu-a,
de aquí para allá.
Chu-chu-a,
chu-chu-a,
chu-chu-a,
¡al Oeste quizá!

Chu-chu-a,
¿cuándo parará?
Chu-chu-a,
¡ha parado ya!
Chu-chu-a,
chu-chu-a,
chu-chu-a,
¿quién se montará?

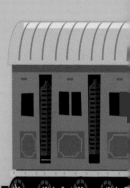

El viejo robot

Soy un robot muy viejo
y estoy descontinuado
mas todavía soy útil
cuando estoy activado.
Detecto los sonidos,
muevo mis largos brazos,
y los ojos me brillan
si me dan un abrazo.

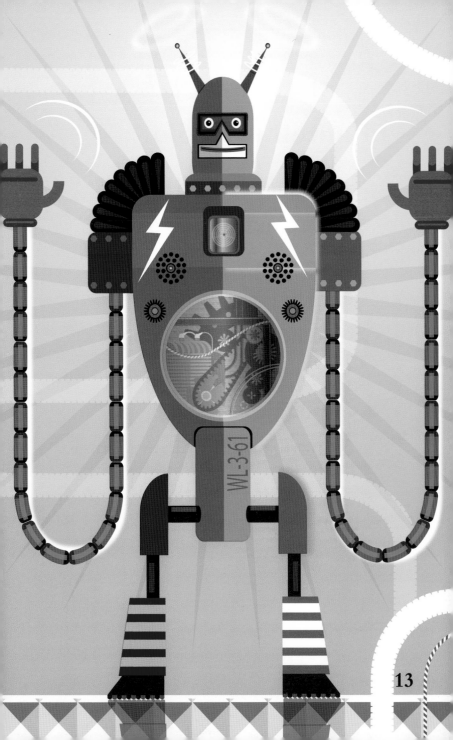

El autobús escolar

Corran, que acaba de llegar
nuestro autobús escolar.
Siempre se detiene con cuidado
en el lugar indicado.
¿Qué le ha pasado a Pepito?
¡Se ha retrasado
un poquito!
Enseguida se llenan los asientos
y vamos a la escuela
bien contentos.

15

La grúa

La grúa trabaja y trabaja,
sube una carga, luego la baja.
¡Y yo me maravillo
pues no es sencillo
sostener en lo alto
una enorme caja!

17

Maquinarias

La polea, la tuerca, la válvula,
  el pistón:
    ¡ya las maquinarias entraron
    en acción!
El ingeniero empieza su rutina:
  cada maquinaria con
  cuidado examina.
Como una orquesta de metales
  pesados,
  las máquinas afinan
  sus cuerpos aceitados.
  Y a los obreros mantienen
  ¡ocupados!

19

¡Cuántos carros!

¡Cuántos carros ruidosos!
¡Cuántos carros diferentes!
Cae la nieve y van despacio
para evitar accidentes.
¡Cuántos carros coloridos
avanzan con precaución
en una larga fila,
detrás de un camión!
Y atraviesan la ciudad
a menor velocidad.

Tremendo tráfico

Trabados,
atravesados
y en el tráfico atrapados,
los carros van
al trabajo
¡retrasados!

23